I0884005

Qué rico se ve, ¡a comer!

Escrito por Amelia Edwards
Ilustrado por Mike Brownlow

Lee Aucoin, *Directora creativa*
Jamey Acosta, *Editora principal*
Heidi Fiedler, *Editora*
Producido y diseñado por
Denise Ryan & Associates
Ilustraciones © Mike Brownlow
Traducido por Gloria Susana Esquivel
Rachelle Cracchiolo, *Editora comercial*

Teacher Created Materials
5301 Oceanus Drive
Huntington Beach, CA 92649-1030
http://www.tcmpub.com
ISBN: 978-1-4807-2997-1
© 2014 Teacher Created Materials

Mis amigos vienen a pasar el rato.
Ahora vamos a almorzar.

Mamá hizo frutas y verduras que podemos disfrutar.

—Disfruten el almuerzo —dice ella—. Pero diviértanse también.

—Tomen un plato y hagan una cara.
Será divertido al comer.

Marco hace un marciano y pone kiwis en los ojos

y una nariz hecha de moras que agarró en un manojo.

Lily hace un payaso con pelo de pimientos rojos,

en la boca una sandía y peras sobre los ojos.

Benji hace un tigre con frijoles y zanahoria.

Dientes afilados de pepino lo hacen ver lleno de furia.

Sammy arma un robot en su plato de comida.

Con orejas disparejas el aparato cobra vida.

Anna hace un gato con ojos de arándanos brillantes.

Le añade pelo de perejil.
¡Ay! ¡Qué sorpresa extravagante!

Carly hace a la princesa dulce y elegante.

Su corona es de piña y la adorna un guisante.

Usamos la comida para hacer todo, desde un payaso hasta un gato.

Pasamos un buen rato.

Nos gusta hacer caras. Son sabrosas, puedes ver. Ahora queremos nuestro almuerzo. Qué rico se ve, ¡a comer!